LE SACRE.

Par M. JOSSEAUME-DUBOURG.

L'INVITATION.

Henri Dubourg prends ta musette
Pour célébrer le grand Bourbon,
La tendre et modeste Alinette
Demande en grace une chanson.
Dans une fête bocagère,
Ton cœur ardent et enflammé,
Auprès du cœur de ta bergère,
Modulait l'hymne au Bien-Aimé.

Peut-on résister aux prières
De la plus belle des hameaux?
Demain, en ouvrant mes paupières,
Mes chants seront doux et nouveaux.
Alinette, en ce beau village,
Chante souvent Sa Majesté :
Elle aime un Roi vaillant et sage ;
Je rends hommage à la beauté.

O quel plaisir et quelle joie !
Charles dans le trône des lys !....

Charles! la gaîté se déploie
Comme aux beaux jours du grand Louis.
C'est donc dans une sainte ivresse
Que je dois composer mes chants :
Riez, ô brillante jeunesse!
Et répondez à mes accents.

« Beau mois de mai, temps favorable,
« Tu vas ramener les plaisirs ;
« Comptez, bergers, sur l'ineffable,
« La grace a tous les purs désirs.
« Pour cette fête ; aux pieds du trône
« Portez des lys et vos couplets ,
« Des pois en fleurs sur la couronne :
« Bergers! la cour a des attraits ! »

Dans les cités, dans la campagne,
Comptez toujours sur le bonheur ;
Charle a les droits de Charlemagne,
Et de Louis l'excellent cœur.
Sous les tilleuls, ou sous les hêtres,
Chantons l'heureux avénement.
Bergers, dans nos fêtes champêtres,
Quelle gaîté! quel agrément!

Charles, dans le Temple céleste,
Tel qu'un élu du Dieu d'amour,
Verra la bergère modeste

Offrir des lilas à la Cour.
Du prêtre, en reçevant l'hostie,
Votre âme au Ciel doit aspirer ;
Monarque aimable à ma patrie,
La foi s'offre pour admirer!

L'AUGUSTE CÉRÉMONIE.

L'ange qui veille à la Garde-Royale et au drapeau de la Légitimité , répand sur la France des roses fraîchement cueillies ; autour du trône immortel, les lis et les myrthes exhalent les plus doux parfums. Peuples, écoutez. Quelle voix agréable ! quelle délicatesse dans le style ! quels beaux sentimens ! Cet ange de Dieu parle aux cœurs sensibles, aux hommes justes et vertueux ; à lui seul permis de décider les questions nouvelles. — « Le soleil est magnifique, « lorsque les nuages ne couvrent point ses « rayons ; de même l'astre royal sort des « portes de l'Orient avec grace, quand rien « ne trouble son passage. Dans un gouver- « nement légitime, tout vient du trône ; je

« veux rendre la science politique sublime :
« les couronnes garantissent l'ordre, et les
« Rois pieux agissent, comme Dieu, avec
« sagesse. On ne connaît point les admira-
« bles effets de la Légitimité. Ministres des
« Rois, magistrats, administrateurs, un feu
« vivifiant anime mes gracieux portraits ;
« apprenez que tout renaît par la Majesté ;
« laissez agir le grand principe. L'esprit na-
« tional forme sa volonté par la noble opi-
« nion ; la raison a pour interprète le cœur,
« et les sujets sont heureux par la préroga-
« tive royale. Long - temps et trop long-
« temps, des individus ont éloigné la coupe
« de la félicité monarchique ; peuples, mi-
« nistres et préfets, rendez l'éclat à l'initia-
« tive. Le pouvoir royal, si grand, si au-
« guste, si sacré, prête ses charmes à tous
« les juges ; mais *proposer* et *accepter !* quels
« titres ! comme la beauté du droit des trô-
« nes se développe ! Vous verrez l'ouvrage,
« où des pinceaux rares doivent décrire la
« Royauté, qui ne se partage point. Tu mé-
« ritas, ô toi ! peintre de la Légitimité fleu-
« rie, toi qui te fais un plaisir de sacrifier

« ton or et la puissance de ton génie, pour
« faire jaillir dans les ames une étincelle de
« ton feu divin. O homme! sois heureux. Le
« Roi du ciel a des récompenses, puisque
« c'est pour le ciel, ta muse et tes con-
« certs! Viens, Henri Fulgence, chanter en-
« core le majestueux Louis XVIII, qui ré-
« tablit l'honneur de la France. Ce Roi,
« ardent comme la grace, prompt comme
« l'éclair, et lorsque sa prérogative était at-
« taquée, Louis avait le tonnerre de la jus-
« tice. Sage dans ses mœurs, éloquent dans
« ses ouvrages, noble dans son extérieur, il
« aimait la vérité. Comme son royal prédé-
« cesseur, Charles X a les manières distin-
« guées; son intérieur brûle d'amour pour
« le peuple. De l'astre souverain découle le
« parfum précieux; les mystères du sacre
« doivent confirmer la royauté. Nation fran-
« çaise, ta prospérité sera l'ouvrage de
« Charles : tout par le Roi. Ministres, celui
« qui pouvait s'élever au faîte des gran-
« deurs, couvert de la poussière de la Croix,
« n'a jamais été ambitieux ni intrigant. Ce
« n'était pas assez pour lui d'offrir ses im-

« mortels écrits, ne consultant que la sensi-
« bilité et la pureté de son cœur, ce poète,
« aux images majestueuses, aux transports
« divins, a fait entendre sa voix, et ses ac-
« cords étaient souvent pour vous : célébrez
« avec lui la puissance de Charles ; les vé-
« rités politiques et morales sortent de la
« Grace. Quel mouvement ! comme notre
« fête aura d'agréables jeux, Charles X rè-
« gne sur un peuple fidèle ! Quels doux ac-
« cens ! Le sacre fait mon bonheur, et ma
« lyre charme l'univers.

> « Tels les parfums de l'Arabie
> « Se répandent dans les vallons ;
> « Tels sur votre riche patrie,
> « Tous les trésors des grands Bourbons.
> « Bientôt, comme un astre qui brille,
> « Charle au milieu de ses sujets,
> « Avec les corps et sa famille,
> « Aura du Ciel tous les attraits.
>
> « Ministre du Dieu de la France,
> « Vous allez expliquer la loi.
> « *Régnez grand Roi !* » Votre puissance
> Vous appelle à veiller sur moi.
> Du principe éternel de l'ordre

Sortent la paix et le bonheur :
Loin de la cour, tout est désordre,
Sujets, élevez votre cœur !

Allez porter aux pieds du trône
Des fleurs de mai, de l'or, des vers ;
De beaux lilas sur la couronne,
Henri produis tes dons divers !
Dans une église de Champagne,
Mon Roi, nouveau pour son serment,
Au Dieu du puissant Charlemagne
Est prêt à donner un présent.

Au nom du monarque suprême,
Le peuple éclate en saints transports ;
Vive l'honneur du diadème !
Ah ! quels harmonieux accords !
Français ! voici les lois propices :
Aimez l'auguste Majesté ;
Aimez le Roi de nos justices ;
Dieu fait briller l'autorité.

Les députés des grands monarques
Sont dans les attributs royaux :
Ambassadeurs, montrez vos marques,
Mes bergers ont des chalumeaux.
O Charle ! acceptez mos hommages,
Nous comptons nos jours par la foi ;

Bientôt la musette, aux villages
Aura des concerts pour le Roi.

O Roi de l'auguste patrie !
Vous répandez tant de bienfaits !
Goûtez les charmes de la vie,
Charle est aimé de ses sujets !
Henri, composez la prière.
Quel feu ! quel amour ! quel éclat !
Dieu des Français, votre lumière
Sera donnée à un prélat.

O doux printemps ! saison de Flore,
Objet d'amour, reçois mes vœux ;
Viens ranimer ma lyre encore ;
Hâte-toi ! viens me rendre heureux !
Dans le cœur de la Florencine
Porte et la paix et ses douceurs ;
Viens, beau printemps ; la foi divine
Est semblable aux aimables fleurs.

Soleil, sur la vive nature,
Lance un rayon du pur amour ;
De la volupté sainte et pure,
Savourez, colombe du jour ;
Pigeon, roucoulez l'allégresse ;
Modèle de fidélité,
La France, comme une maîtresse,
A tout l'éclat de la beauté !

Descendez, ô troupe angélique
Au milieu des brillans éclairs !
C'est pour composer la musique
Qui doit retentir dans les airs.
Comment, pour le sceptre et l'épée,
Trouver des sons mélodieux ?
Un Roi, par son ame occupée,
S'élance en prince généreux !

Portez le riche diadême
Sur l'autel du Dieu tout-puissant :
Chantez la majesté suprême
Sur votre luth si ravissant.
A l'occident, la croix propice
S'élève et rend des feux nouveaux ;
Le sceptre et la main de justice
Seront portés par des héros.

PRIÈRES

POUR LE COURONNEMENT

DE CHARLES X.

Élevez-vous, sainte prière ;
Objet d'amour, charme du cœur :
O doux rayon, dont la lumière
Jaillit du trône du Seigneur !

Montez, parfum de l'espérance,
Les bons Français n'ont qu'un désir ;
Mes chants d'amour sont pour la France,
Beau sentiment fait mon plaisir.

Belle prière, essence sainte,
Élan pur de la charité ;
Nous pouvons donc chanter sans crainte
L'auguste légitimité !
Tout mortel peut prier la grace ,
L'encens doit brûler en ce jour :
Chrétiens ! la foi trouve sa place
Auprès du Dieu cher à la cour.

Triomphez, ô Dieu de justice !
Votre autel a reçu nos dons.
Triomphez, grace si propice,
La France a chanté les Bourbons !
Triomphez, ô reine adorable !
Marie, écoutez nos concerts.
Triomphez, ô prince agréable !
Charle aimé de tout l'univers !

Chantons, dans ce temps d'allégresse ,
Dieu nous appelle ses élus.
Doux sentiment, fleur de sagesse,
Orne le trône des vertus !
Français, dans la douce prière,

Quels attraits ! quels fruits de la foi !
Portez des lys au sanctuaire ;
Aimez et la grace et le Roi.

O charité ! règne en nos âmes ;
C'est le joyeux avénement ;
Donne tes fleurs, tes saintes flammes,
La foi s'unit au sentiment.
Dans les beaux jours, les jours prospères,
Du ciel descend le feu sacré :
Priez aussi, jeunes bergères,
Le Roi de France est révéré.

O vous, vertus ! chants magnifiques,
Pour un grand Roi chéris de nous,
Prenez part aux nobles cantiques,
Et répétez cet air très-doux !
« Charles reçoit le diadême
« Du Dieu qui fait notre bonheur ;
« Comme l'Amour, Charles lui-même
« Remplit de charité son cœur. »

Bientôt, l'époque fortunée
Verra l'amour sensible et gai ;
Et sur la tête couronnée,
Le beau bouquet des lys de mai.
Préparez-vous, Anatolette,

Bergère, offrez votre présent ;
Et répétez sur la musette,
C'est le joyeux avénement.

HYMNE

A N. - D. DE PIÉTÉ.

Sainte Marie, espoir du monde,
Soyez favorable à mon Roi ;
Le Dieu de la terre et de l'onde
Ouvre le livre de sa loi.
« Dans les rites de mon Église,
« On reconnaît ma majesté,
« Il faudra bien, quoiqu'on en dise,
« Se soumettre à la royauté.

« A l'aimable reine des anges,
« Français, portez de belles fleurs ;
« Elle a mérité vos louanges
« Par tous ses dons consolateurs.
« La Protectrice de la France
« A tout pour plaire et pour aimer :
« Mère d'amour et d'espérance,
« Combien la cour doit vous charmer ! »

Vous verrez un roi magnifique,
Peuples, aimez le Roi puissant !
Ce roi jeta son don magique
Dans le joyeux avénement.
Il joint la grâce à la noblesse ;
Son cœur est doux et généreux ;
Toujours fidèle en sa promesse.
Charles remplit la loi des cieux !

Marie, ô Marie éclatante !
Quel jour heureux pour les Français !
Astre divin, reine puissante,
L'état brille au sein de la paix !
Vierge de grace, ame éternelle,
Flambeau qui ranime les jours,
Venez recevoir l'immortelle
Et les lys, si chers aux amours.

Les vers que répète ma lyre,
Sont pour la mère de Jésus ;
Produits heureux d'un saint délire,
Quel mortel peut en chanter plus !
Marie, en vous offrant des branches,
Nous donnons à l'enfant divin,
Deux corbeilles de roses blanches ;
Bientôt deux grappes dé raisin.

Réjouissez-vous, ô ma patrie !
Charles sait captiver les cœurs :

Chantez, en l'honneur de Marie,
L'hymne nouveau de ses faveurs.
C'est la Reine ressuscitée
Plus ardente que le soleil ;
Marie a la foi méritée,
Son rayon est doux et vermeil.

LES ADIEUX

DES JEUNES BERGÈRES

A LA BELLE NISORE.

Décidément, sitôt l'aurore,
Vous pouvez quitter le hameau ;
 Adieu, ma chère, adieu Nisore,
Ne craignez point pour le troupeau.
Adieu, marchez sous les auspices
De la Reine des bienheureux ;
A l'autel des sacrifices,
Portez nos bouquets et nos vœux.

A Reims, en chantant les prières
Pour Charle et pour la nation,
Demandez au Dieu des lumières
Sa douce bénédiction,
Revenez bientôt au village

Respirer le souffle des champs,
Et célébrer dans le bocage
Les beaux tapis du vert printemps.

LA JEUNE VIERGE NISORE.

Adieu, mes gentilles compagnes,
Tout pour mon Roi, tout pour sa cour ;
Adieu, vallons, adieu, montagnes
Où je chantais le pur amour !
O Notre-Dame des Victoires,
Daignez me guider en chemin,
Vous possédez toutes les gloires,
O cœur d'amour ! ô cœur divin !

O Trinité ! pour le saint Sacre
Je quitte et ma mère et ce lieu ;
Au plus grand Roi je me consacre,
Veillez sur moi, Mère de Dieu !
Porte du ciel, trône adorable,
Maison d'amour et de concerts,
Belle Marie, astre admirable,
Vous allez entendre mes airs.

AUX RAMIERS

DU JARDIN DE CHARLES X.

Ramiers, tantôt dans l'espace,
Vous volez près de la Cour ;
Tantôt, béquetant par grace,
Vous rappelez votre amour.
Dans les bois et le village,
Vous allez dès le matin ;
Pigeons, venez sous l'ombrage,
Je me promène au Jardin.

J'aime l'herbette fleurie
Et les lys du doux printemps ;
Ma muse, en charmant ma vie,
Doit me ranimer long-temps.
L'agréable Philomèle
Se plaint souvent dans les bois ;
Dans cette saison nouvelle,
Des oiseaux j'aime les voix.

Mais vous, ramiers solitaires,
Vous roucoulez tendrement ;
Les amours tutélaires
Se font voir au jour naissant.
Au jardin de mon Monarque,

Les tilleuls et marronniers
Sont témoins de ma remarque ;
Voltigez sur les palmiers.

Vous n'êtes point infidèles,
La paix fait votre bonheur ;
Vous voyez d'aimables belles,
Pigeons , consolez mon cœur.
L'honneur enflamme mon ame,
Loin de moi le noir chagrin ;
Rien ne traverse ma flamme,
Mon amour est tout divin.

———

CANTIQUE

SUR LE BONHEUR SPIRITUEL

DES JUSTES ,

(Tiré du manuscrit : la Piété.)

Le juste a pour sa patrie,
Tous les sentimens d'amour ;
Son ame ardente est ravie
Des beautés du Dieu du jour.
Avec l'ordre et l'allégresse ,
Son esprit suit le Seigneur ;
Sa prière a la tendresse :
C'est l'aurore du bonheur.

Dans l'état, voyez le juste
Toujours soumis à son Roi :
Quel désir ! son vers auguste
A la fraîcheur de la foi.
Il attend sa récompense
De son Dieu, de son Sauveur ;
Sa raison croit l'espérance :
C'est l'aurore du bonheur.

Heureux le monde où la grâce
Ouvre la porte aux vertus ;
Sa sagesse et l'efficace
Charment ses divins élus.
Le juste, en tous temps, excelle
A consoler le malheur.
Quels traits d'une ame fidèle !
C'est l'aurore du bonheur.

Le ciel, touché de mes larmes,
Répand sur nous tous ses dons ;
L'impie a brisé ses armes,
On respecte nos moissons.
Français, la paix que Dieu donne,
Mérite un accent flatteur ;
De lys ornez la couronne :
C'est l'aurore du bonheur.

D'un Roi sincère et affable,
La grace a conduit les pas ;

Brillant comme un astre aimable,
Charle a tous les beaux appas.
Justes, priez pour ce Prince
Qui pénètre dans mon cœur;
Tout enchante en ma province :
C'est l'aurore du bonheur.

Mortels, la foi fait comprendre,
Sitôt les justes nombreux;
L'univers réduit en cendre,
Dans ce temps s'ouvrent les cieux!
Dans la terre catholique,
Admirez le créateur;
Son amour et sa musique :
C'est l'aurore du bonheur.

Voltigez, grace prospère;
Que vos pavillons sont beaux!
Chassez d'une aile légère
Tous les sinistres oiseaux.
Justes, suivez la bannière
De mon Roi consolateur,
Son nom brille en ma prière :
C'est l'aurore du bonheur.

LE CONCERT CATHOLIQUE.

Vous partirez bientôt, bergères,
Pour aller au couronnement :
Portez des roses printannières
Au Sacre, où tout sera charmant.
Il faut fêter le Roi qu'on aime,
Ce Roi de grace et de bonheur :
Semblable à la vertu suprême,
Charle a le sceptre de l'honneur.

O Dieu ! l'espérance divine
Porte ses feux dans ce pays ;
Du haut de la sainte colline,
Conservez la cour et le lys !
Nous aimons le noble héritage,
Où la grandeur a tant d'attraits :
Ce temps de paix est votre ouvrage,
Grand Dieu, versez tous vos bienfaits !

Le ciel, à tes vœux doit sourire ;
Dans ce hameau, tu viens chanter...
Très-cher Henri, reprends ta lyre,
Écho joyeux, va répéter :
« Charles mérite dans l'histoire ;
« Fidèle à Dieu, comptez sur lui ;
« Ce souverain, que l'on peut croire,
« Sait comme Henri fut notre appui. »

UNE VOIX.

Du Sacre auguste et vénérable,
Tu vas rappeler le bonheur;
Mon cher Henri, dans l'ineffable
Se trouve la paix du Seigneur.
Cérémonie antique et sainte,
Grand don de la Divinité,
Reims verra dans son enceinte
Le drapeau de Sa Majesté.

COUPLETS DU BERGER HENRI FULGENCE.

Le feu sacré qui me dévore
Se répand sur le Bien-Aimé;
Je viens pour célébrer encore
Le chrême auguste et embaumé.
J'ai des lys très-agréables
Pour le Dauphin cher aux Français;
Plus, deux colombes admirables,
Que j'offre à l'Ange de la paix.

Vive le Roi! Vive la France!
Acceptez mon tribut charmant...
Charles, régnez par la naissance,
Régnez sur un peuple vaillant.
Aux pieds de l'autel de Marie,
Déposez les dons de l'amour;
Oint du Seigneur, pour la patrie,
Vous proclamez la Foi du jour!

Je pleure, hélas ! un grand Monarque !
J'aimais Louis de tout mon cœur :
Sujet fidèle, on me remarque
Comme son premier serviteur !
Charles, que la grace accompagne,
On vous célèbre en nos hameaux :
La couronne de Charlemagne
Est pour le Roi de nos troupeaux.

LES PIGEONS RAMIERS

DANS LES ARBRES

DE LA GRANDE ALLÉE DES TUILERIES.

Ah ! vous voilà, pigeons doux et fidèles,
Je vous revois au jardin des Bourbons ;
Vous voltigez dans les branches nouvelles :
Bonjour, ramiers, écoutez mes chansons.

Jolis oiseaux, le premier sur ma lyre,
Je rappelai votre fidélité.
Bien que par fois, dans son tendre délire,
Ma muse aimable aime la liberté.

Au beau printemps, vous cherchez la verdure,
Tout s'embellit des charmantes couleurs ;

Allez, ramiers, **au** sein de la nature,
Le bel amour se plaît parmi les fleurs.

Près de la Seine, on voit l'herbe fleurie,
Soyez joyeux, ô fidèles oiseaux !
Les jours de paix sont ceux de l'harmonie ;
Tous nos bergers chantent sur leurs pipeaux.

Pigeons chéris, quels momens d'allégresse,
Dans ce printemps, ranimez tous vos feux ;
Sous un beau règne, on peut aimer sans cesse,
L'amour divin verse ses dons heureux.

Charles l'Auguste, aux pieds du Dieu suprême,
Verra le ciel couronner son amour,
Tant est sacré le riche diadème :
Rien ne plaît tant que l'astre du beau jour !

Partagez donc et nos jeux et nos fêtes,
Tantôt à Reims, tantôt dans ce jardin ;
Mais vous partez.... au Dieu de nos conquêtes,
Portez des lis et mon billet divin.

« Charle, ô mon Roi ! vous me verrez encore
« Fixer les cœurs, rappeler la gaîté ;
« J'aime à chanter le Dieu saint, dès l'aurore !
« J'aime et la France et Votre Majesté. »

O vous, ramiers, sitôt l'aube vermeille,
Vous parcourez l'aurore et le couchant ;

Je vous préviens d'une belle merveille,
Volez partout annoncer mon accent.

J'ai servi Dieu, mon Prince et ma patrie;
Pour récompense, ô ma divine croix!
Sois sur mon cœur tout le temps de ma vie,
Et montre au peuple à respecter les Rois.

Avec honneur, Henri parle et ordonne.
Que dis-tu là? C'est le mot de son cœur;
Empoignez donc le poète en personne,
Chez le préfet soit conduit cet auteur (1).

Folâtre muse, ah! reviens au village,
Tu n'as trouvé partout que des ingrats;
On me punit pour l'heureux badinage :
Dans ce Paris, que de vils apostats.

Adieu, pigeons, j'obéis à la grace;
Adieu, patrie, adieu, tous les Français;
Baigné de pleurs, j'attends de l'efficace
Un doux repos, le bonheur et la paix.

---

(1) Petite allusion qui ne restera pas inconnue.

ODE SACRÉE.

LA FOI CATHOLIQUE EN IRLANDE, ET LA CON-
VERSION DES ANGLAIS.

Dans le manuscrit : La Piété.

O Dieu magnifique et sublime,
Modérateur de l'univers,
Je connais ta sainte maxime,
Bénis en ce jour tous mes vers !
Ton regard pénètre le monde ;
Tu règne au ciel, sur terre et l'onde ;
Grand Dieu, tes lois ont des douceurs !
Tantôt tu lances le tonnerre ;
Mais c'est pour apprendre à la terre
Ta foi, ta grace et tes splendeurs !

Comment sonder tant de mystères ?
Mon Dieu, tu réglas le salut ;
C'est toi qui donnas aux bergères
Ta grace et ton heureux tribut.
Aux temps affreux de l'anarchie,
On a conservé l'harmonie ;
Nos cœurs n'ont pas été séduits.
Fais qu'un pays cher à l'Église
Possède un jour ta foi soumise,
Et les Anglais seront instruits.

Combien de saints dans l'Angleterre!
Thomas ! et vous, tous ses Élus,
Adorant le Dieu de la guerre,
Votre foi consolait Jésus.
La paix, la grace et l'allégresse,
Sont les beaux fruits de la sagesse :
Heureux, qui brûle pour la croix!
Comme une fleur ravissante,
Grace divine et très-puissante,
En France, on reconnaît ta voix.

La France a les dons magnifiques ;
Anglais, voyez sa dignité :
Elle appelle aux lois monarchiques
Nos protestans avec bonté ;
Imitez un peuple fidelle,
Charmé de la grace éternelle,
Aimant de la foi le beau jour.
Pourquoi chercher la source impure ?
Parmi les fleurs et la verdure,
Vous aurez le parfait amour.

Pleurez, Anglais, votre inconstance,
Pleurez à la voix des remords ;
Dieu veut, au nom de sa puissance,
Ouvrir au monde ses trésors.
Il parle.... écoutez son oracle :
« La foi découvre le miracle

« D'un Dieu sous l'image du pain ;
« *Les élémens sont admirables,*
« Le pain, le vin, dons délectables,
« Sont changés par l'amour divin. »

Consacrez, ô prêtre de Rome,
La grace a toujours des succès,
Dieu descend et veut nourrir l'homme,
Abaissez-vous, altiers Anglais,
Ne jurez plus haine à la grace,
Tout, par la foi, vole à sa place.
Au Tabernacle de la foi,
Un peuple, en sa vaine folie,
Outrage, et la grace et la vie;
Mais l'univers reçoit la loi.

Anglais, pleurez tous les outrages !
L'amour divin sait captiver;
Le Dieu puissant veut des hommages,
Un Dieu d'amour peut tout créer !
L'Anglais, heureux et catholique,
Avait la vertu séraphique;
Mais de Rome il quitte la cour:
Depuis ce temps, l'onde écumante
Porte la mort et l'épouvante ;
Vos Saints n'ont plus l'hymne d'amour.

Ah ! pleurez, pleurez, infidelles !
O cieux et terre, étonnez-vous,

Les Anglais ont des cœurs rebelles ;
Peuple stupide, aimez l'air doux.
Après les feux de la tempête,
Zéphir s'élève, et l'on s'apprête
`A jouir du divin soleil ;
Foi catholique, en ta merveille,
Montre ta raison sans pareille,
La grace a son pompeux réveil !

LES CHARMANTES FILLES

DU VEXIN NORMAND.

Pour le sacre solennel,
De fleurs nous serons parées ;
A genoux, près de l'autel,
On lira les lois sacrées.
Combien la France a d'honneur !
L'autorité monarchique
Se plaît toujours au bonheur,
Aimons la foi catholique.

Le peuple, en ces jours si beaux,
Verra l'étoile nouvelle
Briller sur tous nos hameaux ;
Tout, chez nous, se renouvelle.

Reine du monde et des cieux !
Marie, aimez nos hommages ;
Nos cœurs sont doux et pieux,
Conservez-bien nos villages !

La prière du prélat,
Comme l'encens de la grace,
Doit s'élever sur l'état
Et parcourir dans l'espace.
Quand on ressent les effets
De la mère de tendresse,
On peut offrir des bouquets
Dimanche à la sainte messe.

UNE MODESTE PAYSANNE.

Oui, mon ame est éprise,
De plaisir et d'amour ;
Nous verrons dans l'église
L'heureux Charle et sa cour.
J'irai, pour ma patrie,
Cueillir le lis charmant
Et la rose fleurie :
Vive l'avénement !

La fête sera belle,
Je veux chanter la paix ;
Une fille fidelle
Chérit tous les Français.

Assemblez-vous, bergères,
Le soleil est brillant,
Allons, allons, mes chères,
Vive l'avénement!

LES CHŒURS.

Aimable pastourelle,
Vous quittez le hameau ;
La grace vous appelle
Au sacrement nouveau.
Pour Charle et pour la France,
Intercédez, Jésus,
Priez la Providence,
De bénir ses élus.

La plus belle musique
Est pour la nation,
Accordez le cantique
Des vierges de Sion.
La fervente prière
S'élève à notre cour ;
Partez, tendre bergère,
Avant le point du jour.

UN BERGER.

La douce Célinette
Prépare un beau présent :

Hier, dansant sur l'herbette,
J'entendis son accent.
Cette fille docile
Dit : « Charle a tous les cœurs,
« Avec cet air facile
« Il attira les mœurs.

 « L'on chante dans l'Europe
« La grandeur des Bourbons ;
« Un lys se développe,
« Pour nous quels heureux dons !
« Dans la noble patrie
« Le prince a des concerts ;
« Sur la lyre chérie
« Henri redis nos vers.

DU MANUSCRIT

INTITULÉ : LA PIÉTÉ

Je suis Alphonsinie,
Bergère du hameau.
Un jour, dans la prairie,
J'écoute un air nouveau :
 « Un Dieu puissant t'appelle,
 « Bergère, entends sa voix ;

« Demain, dans sa chapelle,
« Quels dons pour notre croix »

La douce Colombine
Offre ses deux pigeons,
Et la belle Delphine
Accompagne ses dons.
Aux sons de leurs musettes,
Toutes deux à la fois
Déposent leurs houlettes :
  Quelsdons pour notre croix !

La reine des Archanges
M'accorde son amour ;
Veux-tu de ces louanges,
T'unir à moi ce jour.
Cette fête nouvelle
Toujours sera mon choix ;
Dans la France immortelle,
Quels dons pour notre croix !

Qui chantait dès l'aurore
Au pied du beau vallon ?
C'était Nolianore :
Fidèle au grand Bourbon,
Cette bergère aimable
Célèbre tous nos rois ;
De Louis charitable,
Quels dons pour notre croix !

Ravissante jeunesse,
Chantez le Dieu des lys,
Le Dieu de la sagesse,
Est le dieu de Clovis.
A Charles, notre maître,
Dieu présente son bois;
Triomphez, ô grand Être,
Quels dons pour notre croix !

Répandez l'huile sainte,
O Dieu de majesté;
Acceptez ma complainte,
J'aime la dignité :
Je veux pour notre France
De l'éclat et des lois;
Brillez, haute puissance,
Quels dons pour notre croix!

———

A HENRI FULGENCE J. D.

PAR MADEMOISELLE F. DUBOU.....

Si rien ne vous arrête,
Revenez au hameau,
Pour célébrer la fête
De notre roi nouveau,

Mon cher Henri Fulgence
Embellissez nos jeux ;
Quel plaisir dans la France,
Les Français sont joyeux !

On dit dans nos campagnes,
Ce mortel adoré,
Chéri de nos compagnes,
Sera très-honoré.
Quel mortel, en ce monde,
Pouvait chanter la cour ?
C'est vous, verve féconde,
Tout provient de l'amour.

Vous aurez les accueilles
De Fanchette et Colin ;
Sous vos pas que de feuilles,
Tout le long du chemin :
L'aubépine est fleurie
Et le bel églantier ;
On danse en la prairie,
Sous le grand marronnier.. !

LES FÉLICITATIONS.

Nos laboureurs, dans les villages,
Cherchent le bonheur et la paix ;
Ils sont heureux sous les lois sages
Du monarque aimé des Français.
Demain, sur l'écorce de l'arbre,
On verra les traits de l'amour ;
Déjà sont gravés sur le marbre
Tous les bienfaits de notre cour.

Adorez la grandeur suprême,
Peuple : la France s'embellit ;
Par mes chants, je le dis moi-même,
Depuis long-temps la foi fleurit.
Oh ! qu'il est beau pour notre France
De célébrer un roi sacré !
Vous le savez, belle espérance,
Charles du peuple est adoré.

Quand le soleil, par sa lumière,
Brille sur nos riches coteaux,
Au Dieu qui chérit la prière
Nous demandons des dons nouveaux.
Seigneur, bénissez nos campagnes,
« Conservez la plus belle fleur ;

« Surtout au plus haut des montagnes
« Puisse éclater votre faveur. »

Berger, tout pour le roi fidelle,
Tout à mon Dieu, tout à la foi,
Donnez la dîme et l'immortelle,
Il faut obéir à la loi.
La grace, en sa céleste étreinte,
Embrasse et la paix et l'honneur :
Bientôt Charle aura l'huile sainte;
Bientôt doit fleurir le bonheur.

O Lys qui bordez mes allées,
Je vous célèbre au doux printemps ;
Et vous, modestes giroflées,
Ma main vous cultive en tout temps.
Pour le roi de mes espérances
Des lys, des lilas, des bluets,
Objet d'amour, que de puissances !
Recevez nos vœux, nos respects.

LES BÉNÉDICTIONS.

Sur les bords de la Charentonne,
Henri modulait ses chansons;
Toujours fidèle à la couronne,
Il chanté partout les Bourbons.
Pour le prince enflammé de gloire,
Que de concerts et de lauriers !
Chantre aimable de la victoire,
Henri célébrait les guerriers.

Louis, l'honneur de la patrie,
A ses adieux et ses doux chants;
Aimer son roi, bénir sa vie,
D'Henri tels sont les sentiments.
Dans ces beaux jours de l'allégresse
Henri dissipe tes douleurs,
Louis, au sein de la sagesse,
Répand sur l'état ses faveurs.

Ah ! viens, sur ta harpe sacrée,
Remercier la Divinité ;
Dans une fête consacrée
Fais des vers pour la royauté.
« Vers votre trône, où je m'incline,
« O Charle, ô roi brûlant d'amour,
« J'aime et l'enfant de Caroline
« Et l'auguste fleur de la cour.

« J'eus le bonheur de pouvoir plaire
« Parmi nos graces et nos ris ;
« O roi de France, en vous j'espère,
« Je vous bénis comme Louis ! »
O Dieu, bénissez notre France,
Bénissez, ah ! bénissez-nous,
Venez, ô sainte Providence,
Tout en France a des transports doux.

Bénissez l'état catholique,
Soyez sa grace et son espoir ;
Bénissez le sceptre angélique
Dans les mains du sacré pouvoir.
J'aime à célébrer sur ma lyre
L'amour des lys, l'enfant royal ;
Bénissez le plus bel empire ;
O Dieu, versez l'amour égal !

Du ciel contemplant la parure,
Je rends hommage au Créateur ;
Tout est mystère en la nature,
Le doux printemps ravit mon cœur.
O beau Printemps, Henri t'implore,
Tu viens pour embellir ses jours ;
Je trouve un charme à dire encore,
Avec la paix reviens toujours.

La belle et tendre Célimène
A des accents mélodieux ;
Sa voix retentit dans la plaine
Du bonheur de me voir heureux.
Jolie autant qu'elle est fidelle,
A Charle elle offre un beau présent :
Quatre Ramiers, une immortelle,
Un sansonnet, d'éclat charmant.

Alise élève une fauvette,
Pour la donner à Monseigneur,
Hortense apporte ma musette,
Je veux aussi chanter l'honneur.
Sujet d'amour, quand je vous traite,
Que de plaisir dans le hameau ;
Tant est divin ce jour de fête,
J'attends de Charle un beau cadeau.

LES BELLES FÊTES

DU COURONNEMENT.

ODE.

Je viens peindre en traits de flamme,
Un jour célèbre à jamais.
Oh, qu'il est beau pour mon ame,
De chanter Charle et la paix !
Accepte en ce jour, ô grace,
Par ce concert efficace
L'hommage de nos hameaux.
La plus aimable jeunesse,
Dans sa touchante allégresse
Danse à l'ombre des ormeaux.

Joyeux bergers, c'est la fête,
Du monarque Bien Aimé,
Venez... que chacun s'apprête
L'heureux Charle est renommé,
De fleurs couronnez mon verre,
Je veux la rose et le lierre,
Sur ma tête et dans ma main.
Un cœur soumis et fidelle,
Reconnaît toujours sa belle
Zina , versez le bon vin.

L'autre jour dans les alarmes
J'ai composé sans plaisir ,
Et mon luth mouillé de larmes
Frîssonnait de mon soupir ,
Opprimé par l'injustice ,
J'ai vu triompher le vice
Dans un cercle corrompu.
Mais la faute est réparée ,
Une secte immodérée
Rend hommage à la vertu.

Je me livre sans entraves
A Bacchus et à l'Amour.
Sous mes rois jamais d'esclaves ,
Français bénissez la cour.
Henri cher à sa patrie ,
Par ses vers, son harmonie ,
N'aura bientôt que des fleurs.
Dans *la grace ravissante*
On voit l'amitié constante
Qui vient pour sécher les pleurs.

Le roi ceint du diadème
A son code dans les cieux ,
L'autorité de Dieu même ,
Par un roi fait un heureux.
Bonhéur, charme de la gloire
Viens embellir mon histoire

Des traits d'un auguste roi.
Nos hymnes pour notre prince
Dans les champs et la province
Ont les transports de la foi.

Par mon élan poétique
Notre avenir est brillant,
La majesté monarchique,
A la force et l'agrément.
Allons surprendre l'aurore,
Bergers célébrons encore
Un grand roi libérateur.
Jolis troupeaux du village
Hâtez-vous au paturage
Charle apporte le bonheur.

Coupez des branches de chêne,
Ministre d'un roi chrétien,
Et vous tendre Alistomaine
Tressez de roses mon lien.
Je triomphe et tout prospère,
Grace à la foi du mystère,
Peuple invoquez l'éternel.
Voyez ces belles pensées
Et mes guirlandes placées
Par la puissance à l'autel.

LES DONS

RELIGIEUX ET CATHOLIQUES ,

OU L'ALLIANCE DU CIEL AVEC LE ROI, ET DU ROI AVEC SON PEUPLE.

Portez des roses nouvelles ,
Bergères de nos hameaux ,
A Charles soyez fidelles
Il protége vos troupeaux.
La pompe auguste et sacrée
Ravit ce jour les mortels ;
Ma lyre encore inspirée
Redit les chants solennels.

Viens ô sublime harmonie ,
Répands sur moi ton trésor,
Ranime aussi mon génie ,
Je reçois la harpe d'or.
Tout s'anime en la nature,
Quelle joie et quel amour,
Le peuple en sa gaieté pure
Fait des vœux pour notre cour.

C'est la muse pastorale
Qui célèbre les Français,

Chantez cette hymne royale,
Charles vivez à jamais !
« Sur votre front la couronne
« A le rayon ravissant,
« Le dieu d'amour vous la donne,
« Régnez, ô roi tout puissant ! »

CHŒUR.

Aux sons des flûtes bocagères
Venez bergers chanter le roi,
On voit les aimables bergères,
Célébrer le trône et la foi.
Henri, dans son joyeux délire,
A les doux concerts du bonheur,
Rien de plus, Poète à ta lyre
Qu'un lys et le ruban d'honneur,

Il a montré tant de courage,
Dans les jours de l'adversité,
Qu'il peut heureux dans son village,
Prier Dieu pour sa majesté ;
Le matin, la douce rosée,
Verse des perles sur sa fleur,
Et rend plus belle la pensée,
Ravissante par sa couleur !

Tendre pensée, ô fleur charmante,
Le zéphire parcourt les airs,

Reçois la lumière éclatante,
Du Dieu qui régit l'univers.
Dans les vallons, sur les montagnes,
Auprès des lys et des lilas,
Parais pour orner nos campagnes,
Zila partage tes appas.

Bergère agréable et fidelle,
A l'auguste reine des cieux,
Portez une rose nouvelle
Et cet ouvrage précieux.
La France heureuse et catholique,
Bénit le Dieu des grands Bourbons,
Vive la grandeur monarchique,
Bergers chantez dans vos vallons :

LES BERGERS.

Nous allons placer la pensée
Sur l'autel de la vérité,
Quel temps heureux, quel élisée,
Nous célébrons sa majesté.
O dieu d'amour, beauté suprême,
Conservez la modeste fleur.
O doux espoir du diadème,
Charles nous donne le bonheur!

INVOCATION

AU SAINT-ESPRIT.

Vous avez les fleurs de la grace
O esprit consolateur!
Votre puissance efficace
Rend la paix et le bonheur;
Esprit saint, je viens encore
Célébrer vos divins dons,
Mon cœur souvent vous implore
Pour la France et les Bourbons.

Dans vos célestes mystères,
Quel beau don de piété,
Dons d'amour, de fruits prospères,
Dons de paix, de charité.
Après l'onction céleste,
Par l'ordre du Saint-Esprit,
Partout la foi manifeste,
Les grands dons du Jésus-Christ.

Esprit saint, dans vos miracles,
La vérité prend son cours,
J'entends la voix des oracles
« Mortels voyez les beaux jours!
« Oint sacré de la patrie,

« Charles règne au nom du ciel »
Droit royal, don de la vie,
Vous formez un immortel.

Quand le roi, ce puissant maître,
A le pouvoir révéré,
Sujets, Dieu vous fait connaître,
La fraîcheur du lys sacré !
Vous voyez un roi très-juste,
Quel amour et quels présents ,
Dieu forma le cœur auguste,
D'un roi cher à ses enfants !

Agréez donc notre hommage
Saint-Esprit régnez sur nous,
Votre amour fait le partage
Des cœurs soumis et bien doux.
Que le monde vous bénisse ,
O Esprit de vérité !
Que ma lyre retentisse
Pour l'auguste majesté !

PARIS IMPRIMERIE DE GAULTIER-LAGUIONIE.